PEPITAS DE ORO
ANA FRANK

MIGUEL BUSTOS
DAVID DOMÍNGUEZ

Beascoa

Este diario fue escrito por una niña judía, Ana Frank, y en él cuenta solamente dos años de su vida. Ana dejó de escribir cuando fue capturada por los nazis. Esta es una historia realmente triste porque su protagonista murió tan solo unos meses después.

Ana Frank nació en Alemania, aunque se trasladó a Ámsterdam, en Holanda, con sus padres y su hermana Margot cuando tenía cuatro años. Huían de la persecución de los nazis, que acababan de llegar al poder.

Ana tenía trece años recién cumplidos cuando comenzó a escribir su diario. Estudiaba en el liceo judío, tenía muchísimas amigas y un montón de "admiradores" —como ella los llamaba—. Era una niña feliz que hablaba hasta por los codos y que quería con locura a su gato Moortje (Morenito).

Aunque Holanda había sido invadida por los alemanes hacía dos años y los judíos cada vez tenían más problemas, Ana seguía con su vida cotidiana. Fundó, con otras cuatro chicas, un club de ping-pong que llamaron "La Osa Menor menos dos". Cuando le pusieron el nombre, creían que la constelación de la Osa Menor tenía cinco estrellas, como ellas, pero luego descubrieron que eran siete, así que añadieron lo de "menos dos". También iba con sus amigas a tomar helados y tenía que aguantar las constantes preguntas de su madre sobre con quién se casaría cuando fuera mayor.

A pesar de que era una niña feliz, Ana explica en su diario todas las prohibiciones y obligaciones impuestas a los judíos: tenían que llevar siempre visible la estrella de David; no podían viajar en coche, en tranvía ni en bicicleta; no tenían permitido salir a partir de las ocho de la noche; les estaba prohibida la entrada a teatros, a cines y a cualquier tipo de instalación deportiva, y tampoco podían entrar en las casas de los cristianos.

Jacques, un compañero de colegio de Ana, le dijo una vez:

"Ya no me atrevo a hacer nada, porque tengo miedo de que esté prohibido".

Por eso, cuando Margot recibió una citación de la policía alemana, la familia Frank puso en marcha el plan secreto que tenía preparado. Aunque Ana lo descubrió ese mismo día, su padre llevaba mucho tiempo acondicionando un escondite en el edificio de Ámsterdam en el que tenía su empresa. Aún no estaba listo del todo, pero al día siguiente ya estaban viviendo allí, perfectamente ocultos.

El padre de Ana era el dueño de una empresa alimentaria que ocupaba todo un bloque. Como muchas otras viviendas holandesas, tenía una casa anexa a la que solo se podía acceder desde el interior.

Tras ocultar la entrada con una estantería giratoria, los Frank se escondieron allí. En su diario, Ana la llamaba "la Casa de atrás".

PUERTA GIRATORIA

Por supuesto, muchos de los trabajadores de la empresa sabían que Ana y su familia estaban allí, y algunos los ayudaron para que no fuesen descubiertos. Eran, como decía Ana, algunos de sus "protectores".

Margot Frank

Edith Frank

Ana Frank

Otto Frank

Como había espacio para más personas, los Frank no fueron egoístas y compartieron su refugio con la familia van Pels, que estaba formada por el matrimonio van Pels y su hijo Peter, de dieciséis años. Más tarde, se unió un nuevo miembro, Fritz Pfeffer, un dentista que también necesitaba ocultarse de los nazis. En su diario, Ana los llamaba a todos los "escondidos". A veces, también recibían para comer o desayunar a los protectores: el señor Kugler, Kleiman, Miep y Bep.

**Peter
van Pels**

**Hermann
van Pels**

**Auguste
van Pels**

Fritz Pfeffer

Kugler

Kleiman

Miep

Bep

La vida en el escondite era cómoda, aunque llena de inconvenientes. Podían comprar comida y libros en el exterior gracias a sus protectores, y también tenían habitaciones individuales e incluso luz solar a través de algunas ventanas.

Sin embargo, no podían salir, asomarse a las ventanas y, mucho menos, abrirlas. No podían hacer ruido de día porque algunos de los trabajadores de la empresa no sabían nada y podrían haberlos denunciado.

Como el aburrimiento era un gran enemigo y todos tenían claro que volverían a su vida normal cuando acabara la guerra, pasaban mucho tiempo estudiando.

El padre y la madre de Ana estudiaban inglés; su hermana Margot, latín por correspondencia, y Ana, además de escribir, estudiaba mitología y taquigrafía, y hacía muchos árboles genealógicos.

Y, por supuesto, todos leían muchísimo, desde novelas policiacas a biografías históricas. Lo que fuera con tal de que el día se hiciera más corto.

Tanto tiempo encerrados juntos acabó provocando problemas en la relación entre ellos. Discutían por cualquier cosa. En el caso de Ana, tanto su madre como la señora van Pels le decían que tenía un carácter difícil y unas opiniones demasiado adultas.

Ana anotó en su diario la tristeza que le provocaban estas discusiones. Sin embargo, acabó encontrando apoyo tanto en su padre como en su hermana. Y, sobre todo, en Peter, el hijo de los van Pels.

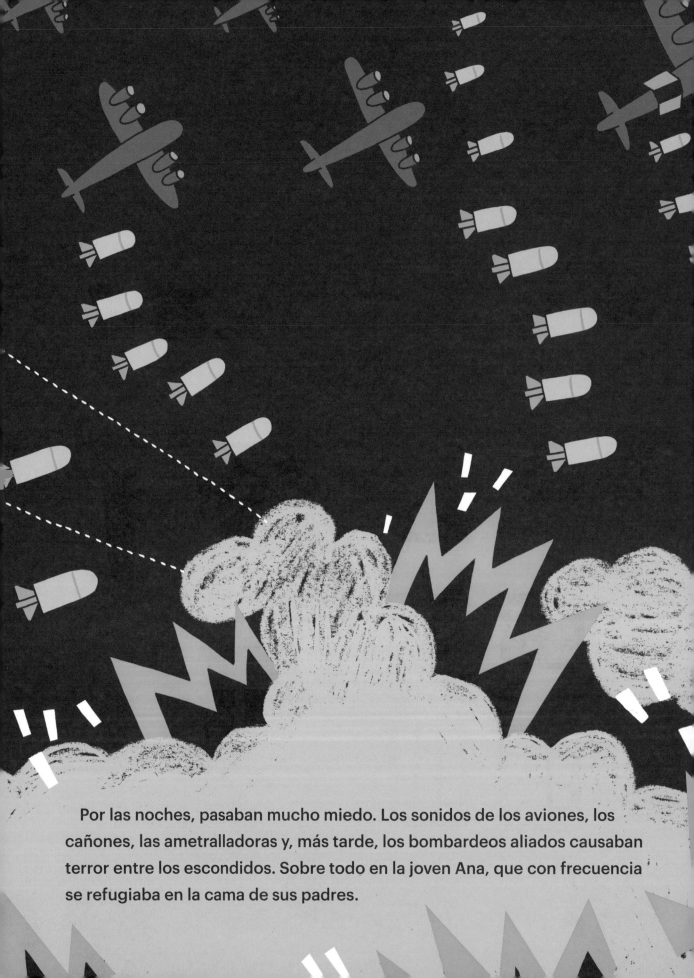

Por las noches, pasaban mucho miedo. Los sonidos de los aviones, los cañones, las ametralladoras y, más tarde, los bombardeos aliados causaban terror entre los escondidos. Sobre todo en la joven Ana, que con frecuencia se refugiaba en la cama de sus padres.

Una noche fueron tan fuertes y cercanos los disparos que en cuatro ocasiones Ana recogió sus cosas, dispuesta a huir de la casa. La detuvo su madre, preguntándole: *"¿Adónde quieres escapar?"*. Era cierto; no había ningún lugar al que poder huir.

Según pasaban los meses, Ana iba creciendo; en altura y en madurez, pero también como escritora. A raíz de unas palabras oídas en Radio Orange, Ana se dio cuenta de que, cuando acabara la guerra, todas las cartas y diarios escritos durante esta se recopilarían y tendrían gran importancia.

Así que, a partir de entonces, comenzó a editar su diario. Y también tuvo claro que en el futuro quería ser periodista y escritora. Además de su diario, Ana Frank escribió durante su estancia en el escondite cuentos cortos, ensayos y los cinco primeros capítulos de una novela.

Aparte de los bombardeos y los disparos, si algo aterrorizaba a los escondidos eran los ladrones. Si alguien forzaba por la noche la puerta de la empresa, era muy probable que apareciera la policía y eso podía provocar que los descubrieran.

Hubo varios intentos de robo. Durante el más grave, en abril de 1944, una pareja que pasaba por la calle enfocó con su linterna a los ladrones y descubrió a los escondidos también. Todos pasaron la noche en vela esperando que llegaran los nazis en cualquier momento. Pero, al día siguiente, se enteraron de que el hombre de la linterna era el dueño de la tienda donde compraban las patatas, y este prefirió no avisar a la policía. Fue otro de los muchos que ayudaron a la familia Frank.

No todo fueron penurias en la Casa de atrás, sobre todo durante el último año. Ana y Peter, que era tres años mayor que ella, se hicieron buenos amigos. Pasaban mucho tiempo juntos en el ático de la casa, el único lugar en el que no solía haber nadie. Llegaron a besarse y, aunque nunca se llamaron novios, todos en la casa tenían claro que eran más que amigos. Lo importante es que Ana encontró en Peter a esa persona especial en la que confiar que siempre había estado buscando y que ambos se apoyaron mutuamente en aquellos días tan terribles.

Todo acabó la mañana del 4 de agosto de 1944. Ana tenía quince años.
Un sargento de las SS alemanas, junto con tres policías holandeses,
entraron en la fábrica y descubrieron la Casa de atrás.
Los ocho escondidos fueron detenidos.
También se llevaron todo el dinero
y los objetos de valor.

La última entrada del diario de Ana es de tres días antes. A partir de ahí, la voz de Ana se apagó para siempre.

Los ocho escondidos fueron enviados a Westerbork, un campo de concentración alemán temporal para judíos.

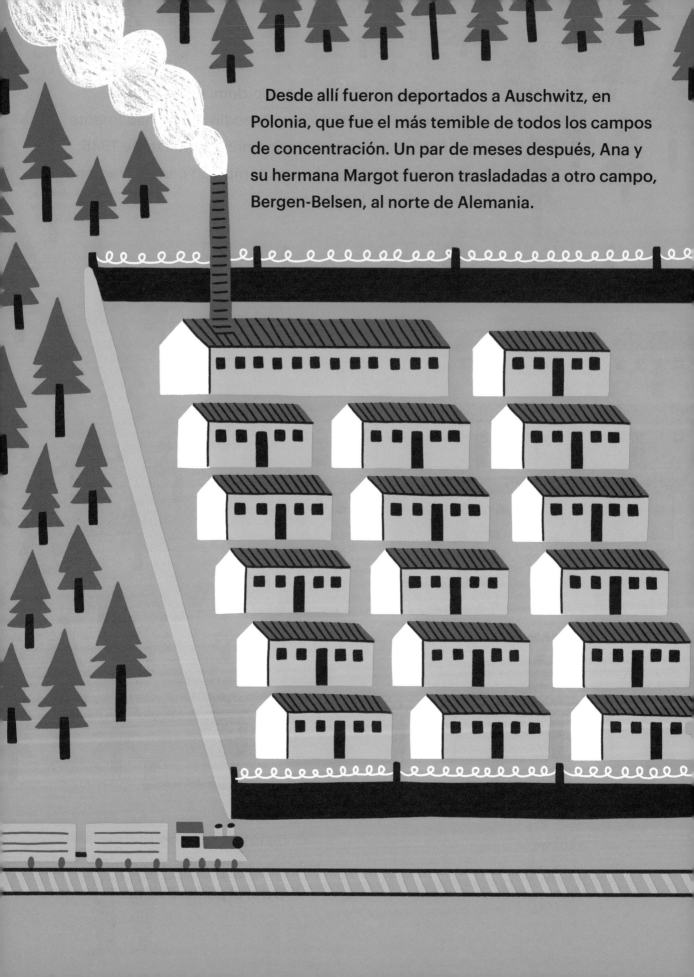

Desde allí fueron deportados a Auschwitz, en Polonia, que fue el más temible de todos los campos de concentración. Un par de meses después, Ana y su hermana Margot fueron trasladadas a otro campo, Bergen-Belsen, al norte de Alemania.

Allí murieron debido a una epidemia de tifus que mató a miles de prisioneros. Sucedió aproximadamente entre finales de febrero y principios de marzo de 1945. Apenas un mes después, ese campo de concentración fue liberado por los ingleses.

De los ocho escondidos, solo uno sobrevivió a la guerra: Otto, el padre de Ana.

Pero ¿qué sucedió con su diario? Los oficiales que entraron en la Casa de atrás no dieron importancia a aquellos papeles y los dejaron tirados en el suelo. Horas más tarde, Miep y Bep, dos de las protectoras, los encontraron y los guardaron. Cuando el padre de Ana volvió a Ámsterdam después de la guerra, Miep le hizo entrega del diario de su hija.

Cinco años después de que Ana comenzara el diario, este se publicó
en Holanda. En pocos años, fue traducido al alemán, al francés, al inglés...
Hoy en día, ha sido traducido a más de 70 lenguas y se han realizado obras
de teatro, películas y series de televisión que se basan en él.

El padre de Ana dedicó el resto de su vida a la publicación y difusión de la obra de su hija. En 1957, creó la Fundación Ana Frank para conseguir salvar el edificio donde estuvieron ocultos durante tantos meses. En 1960, lo abrieron al público y ahora puede visitarse como museo. Además, crearon Anne Frank Fonds, una institución benéfica que ayuda en proyectos en contra del racismo y a favor de la paz.

Ana Frank murió muy joven y de manera trágica. Ella y el resto de escondidos que no sobrevivieron no consiguieron mantenerse ocultos el tiempo suficiente como para ver acabar la guerra. Pero la voz y las palabras de Ana han sobrevivido. Se han vendido más de 30 millones de ejemplares de su *Diario* en todo el mundo, convirtiéndose en uno de los libros más leídos del siglo XX. La voz de esa niña risueña, parlanchina y contestona que intentó sobrevivir a la terrible persecución del pueblo judío sigue resonando en nuestros oídos y en nuestros corazones.

LOS NIÑOS TIENEN DERECHOS

Este libro se publica en colaboración con el Anne Frank Fonds, comprometido desde hace cincuenta años y en todo el mundo con la defensa de los derechos de los niños, de la educación y del alivio de la pobreza. La mayor parte de los ingresos derivados de la venta de este libro irán a parar a UNICEF gracias a la cooperación del Anne Frank Fonds con esta organización.

El destino de Anne Frank y su diario son un verdadero monumento en favor de los derechos humanos. La niña judía se ha convertido en una figura simbólica para millones de niños que aún hoy en día son víctimas de la infracción de sus derechos. Por ese motivo el Anne Frank Fonds de Basilea ha decidido prestar su apoyo a UNICEF, la institución benéfica de las Naciones Unidas en favor de la infancia, para llamar la atención de la gente de todo el mundo acerca de los derechos de los niños y contribuir así al cumplimiento de lo acordado en la Convención sobre los Derechos del Niño aprobada por la ONU en 1989. La Convención sobre los Derechos del Niño, que consta de 54 artículos, está dirigida a todas las personas menores de dieciocho años según tres principios básicos: el derecho a la protección, el derecho al desarrollo y el derecho a la participación.

ANNE FRANK FONDS®
FOUNDED BY OTTO FRANK
www.annefrank.ch

unicef
www.unicef.es

Puedes ampliar tus conocimientos sobre Ana Frank con estos libros:
El diario de Anne Frank por Anne Frank
El diario de Anne Frank. Edición novela gráfica por Ari Folman y David Polonsky

Papel certificado por el Forest Stewardship Council®

FSC
MIXTO
Papel procedente de fuentes responsables
FSC® C117695
www.fsc.org

Primera edición: noviembre de 2019
© 2019, David Domínguez, por el texto
© 2019, Miguel Bustos, por las ilustraciones
© 2019, Penguin Random House Grupo Editorial, S. A. U. Travessera de Gràcia, 47-49. 08021 Barcelona

Printed in Spain – Impreso en España // ISBN: 978-84-488-5391-4 // Depósito legal: B-17.706-2019

Diseño y maquetación: Araceli Ramos // Impreso en Gómez Aparicio, S. L., Casarrubuelos (Madrid)

BE 53914